李铎诗词选注

李　铎　著　王婉今　注

中华书局

图书在版编目（CIP）数据

李铎诗词选注 / 李铎著；王婉今注. -- 北京 ：中
华书局，2016.7
ISBN 978-7-101-11701-1

Ⅰ．李… Ⅱ．①李… ②王… Ⅲ．诗词－作品集
－中国－当代 Ⅳ．I227

中国版本图书馆CIP数据核字(2016)第065327号

书　　名	李铎诗词选注	
著　　者	李　铎	
注　　者	王婉今	
责任编辑	朱振华	
出版发行	中华书局	
	（北京市丰台区太平桥西里38号　100073）	
	http://www.zhbc.com.cn	
	E-mail:zhbc@zhbc.com.cn	
印　　刷	北京瑞古冠中印刷厂	
版　　次	2016年7月北京第1版	
	2016年7月北京第1次印刷	
规　　格	开本710×1000毫米　1/16	
	印张8¾　字数50千字	
国际书号	ISBN 978-7-101-11701-1	
定　　价	28.00元	

2006年春，年逾古稀的李铎、李长华夫妇与
时为小学生的王婉今合影

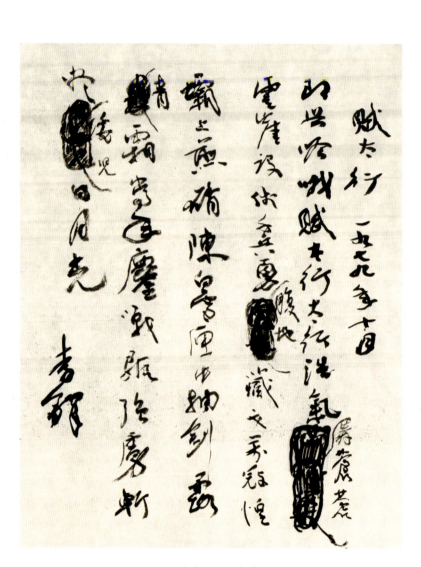

《赋太行》诗稿

代　序
饱学苍穹　诗书大家

孙家正

　　二〇一一年的金秋，"我爱我的祖国——李铎诗词书法展"在军事博物馆举办，这是中国书坛乃至中国文化界的一件盛事。刘云山同志发来热情洋溢的贺信并亲临参观，他盛赞李铎先生是享誉海内外的书法大家，从艺七十年来，为书法事业的繁荣和发展，为书法艺术创作和教育，作出了重要贡献。

　　开幕那天，可谓人山人海，盛况空前。我应邀出席了开幕式并参观了展览，虽知李铎先生诗文俱佳，博学多才，但还是被其一首首精美诗篇所陶醉，诗中有书，书中有诗，诗书交融，书诗贯通，其书法的笔墨语言与诗词的意韵风神相拥相抱，体现了一代大家的满腹经纶，饱学苍穹。那天，八十二岁的李铎先生拄着拐杖引导着观众，逐一介绍作品的背景、创作细节等，兴起时，还高声朗诵起来，"泱泱大国，雄踞东方……"，先生那苍劲浑厚的声音在大厅里回旋激荡，与他那大气恢宏的书法、豪放隽永的诗篇浑然一体，似乎形成一个巨大的气

1

场，让人们沉浸其中。我忽然觉得，平时常说的"文化氛围"这一抽象的概念，此时变得如此生动、实在和具体。

书坛泰斗启功先生早在一九八六年给《李铎书〈前后出师表〉书法集》的序言中就写道："我还有不能不谈的一件事，即是李铎同志不但书法功底好，还擅长作古典体的诗词。从前有什么'笔会'、'祝贺'之类的活动，他常临时起草一首韵语，虚心地和在场的同志商榷。近几年来，我读他许多诗作，用旧术语说，都极其'有诗才'，既'无失律'，又有意蕴。"

李铎擅写古体诗词，在古典诗文上有着深厚修养和造诣，从上世纪七十年代开始，不论是唱酬应和还是托物寄兴、缘事题对，常常诗兴勃发，诗思敏捷，诗意盎然。李铎的诗，潇洒明快，自然清新，每每于铿锵顿挫中抒发胸中浩气，折射心灵之光。其一咏一叹，充满着对祖国壮丽山河的爱恋与赞颂，洋溢着对社会对人生的讴歌与体察，流露出浓厚的时代气息。李铎先生的诗词犹如他的书法，大气磅礴，豪情满怀，蕴藉着丰富的革命英雄主义和浪漫主义色彩，读后令人胸襟开阔，视野幽远。诗，伴随着他走过了半个多世纪的风雨历程。要研究他的书法，不能不涉及他的诗，只有了解作为诗人的李铎，才能更清楚窥见他的书法艺术发展的轨迹。诗与书，两者互为表里，相得益彰。

李铎的诗词，与他的书法一样呈现一种磅礴浩然的正大气象。其爱国为民的情怀跃然纸上，近五百字的长赋《祖国万岁》可谓旷世之作，通篇洞达，一泻千里，充分体现了一位老党员、老军人、老书法家爱国爱党的赤子情怀和报国献身的精神追求。自二〇一一年九月初开始，李铎先生响应中央"走基层、转作风、改文风"号召，倡议并开展了"走基层、送文化"系列活动，先后走进社区、课堂、奥运村、农村、新兵营、首钢、武警部队、特种部队、革命圣地西柏坡，走进居民、农民、学生、战士、工人身边，送文化、谈心得，联络感情、采风创作，致力于精神文明建设，回报社会，奉献人民。作为中国文联荣誉委员，他自觉践行"爱国为民、崇德尚艺"的文艺界核心价值观，用实际行动诠释着他的诗词、书法更多更深的内涵，体现了一位艺术大家的思想情怀和高尚情操。

"通会之际，人书俱老"。早已步入从心所欲，不逾矩境界的李铎先生，仍会不断地给我们以惊喜。我们深切期望李铎先生的艺术之树长青，艺术之花绽放出更加绚丽夺目的光彩。

是为序。

写于二〇一三年一月十一日

目　录

自　况

一九七六年冬

落笔如锥铁画沙，

崩云坠石走龙蛇。

闲来也学先人法，

半似鹁鸡半似鸦。

注　释

〔1〕自况：自我描述境况。唐代李延寿撰《南史·隐逸传
上·陶潜》："著《五柳先生传》……盖以自况，时人谓
之实录。"古人在诗词创作中，以人、以物、以典自拟，借
此强化自我身份意识和价值取向，抒发情怀。如南宋学
者谢枋得有题为《自况》诗，颇有影响。李铎先生以《自
况》为题，轻松而真实地展示了自己的艺术体验与生存状
态。开头两句即指"先人法"。

〔2〕铁画沙：即指锥画沙。古人总结出的一种以舒缓涩行为特
点的书法运笔方法。唐代颜真卿尝言："用笔如锥画沙，
使其藏锋，画乃沉着。"

〔3〕崩云坠石：语出唐代孙过庭《书谱》："观夫悬针垂露之
异，奔雷坠石之奇，鸿飞兽骇之姿，鸾舞蛇惊之态，绝岸
颓峰之势，临危据槁之形。或重若崩云，或轻如蝉翼，导
之则泉注，顿之则山安。"形容书法艺术所呈现出的浓云
崩飞、乱石纷坠的奇妙景象。

〔4〕鹎鸡：也作鹡鸡，古人所谓像鹤的一种鸟。《楚辞·九
辩》："鹡鸡啁哳而悲鸣。"一说为凤凰的别称。"半似鹎
鸡半似鸦"，表明了作者的精神追求与艺术风貌，在努力
探索现实主义与浪漫主义、似与不似的有机结合，以达到
融汇古今、雅俗共赏的艺术境界。鸦：指涂鸦，作者自谦
为学得不好之意。

龙门石窟

一九七九年

潺潺碧水诉龙门，

石佛横遭万劫痕。

倘使香山居士在，

当嗤俗子太昏愔。

注　释

〔1〕龙门石窟：位于河南省洛阳市南郊伊河两岸的龙门山与
　　香山上，与甘肃敦煌莫高窟、山西大同云冈石窟并称为
　　中国古代三大石窟，为全国重点文物保护单位。2000年
　　11月，洛阳龙门石窟被正式列入世界文化遗产名录。龙
　　门石窟始开凿于北魏孝文帝迁都洛阳（493年）前后，后
　　历经东魏、西魏、北齐、北周、隋、唐至宋等朝代大规模
　　营造，总时长达400余年。石窟密布于峭壁上，今存窟龛
　　2345个，佛像97000余尊，碑刻题记2800多方。龙门石窟
　　延续时间长，跨越朝代多，以大量的实物形象和文字资
　　料，从不同侧面反映了中国古代政治、经济、宗教、文化
　　等发展变化。

〔2〕潺潺碧水诉龙门：清澈碧绿的伊河水缓缓流淌，仿佛在
　　诉说着龙门的千古往事。潺潺：形容水流动的声音或水
　　缓缓流动、清澈见底的样子。三国魏曹丕《丹霞蔽日行》：
　　"谷水潺潺，木落翩翩。"碧水，这里指从龙门山下流过
　　的伊河。

〔3〕万劫痕：石窟千百年来遭受无数劫难的痕迹。龙门石窟
　　历史上遭受过多次毁佛灭法的破坏，如在佛教史上称为
　　"法难"的"三武一宗"灭佛事件，损毁颇重。龙门石窟
　　研究所研究员王振国在其撰写的《龙门石窟破坏残迹调
　　查》中，记载了仅在民国初的二十余年间，遭受严重破坏

的窟龛就有96个，被盗走佛、菩萨等主像262尊，毁坏造像1063尊、龛楣8处、佛雕说法图10幅、礼佛供养人16幅、碑刻题记15品等等。

〔4〕香山居士：即唐代著名诗人白居易。白居易字乐天，号香山居士。他晚年居住洛阳18年，在龙门修香山寺，开八节滩，每日里"开怀旷达无所系"、"龙门醉卧香山行"（《秋日游龙门醉中狂歌》），对龙门山水十分眷恋，并嘱葬于此。位于洛阳龙门风景名胜区东山琵琶峰上的白园，即白居易的墓园。

〔5〕嗤：讥笑，惊异。宋代司马光《训俭示康》："人皆嗤吾固陋，吾不以为病。"昏惛：惛，同昏，迷乱、糊涂的意思。东汉许慎《说文解字》："惛，不憭也。"这句诗是说，如果那深知龙门石窟艺术价值的白居易还在的话，应该会嗤笑这些破坏石窟的世俗之人太糊涂。

赋太行

一九七九年十月

即兴吟哦赋太行，

太行浩气莽苍苍。

云崖设伏千兵勇，

腹地藏戈万寇惶。

坝上煎硝陈白雪，

匣中抽剑露青霜。

当年鏖战驱强虏，

斩尽倭儿日月光。

注　释

〔1〕李铎先生于1979年10月赴山西省武乡县,来到位于太行山的砖壁村,参观八路军总部旧址,感念当年抗战的艰苦卓绝和太行精神的浩然无畏,吟得这首太行气息浓郁的七言律诗。

〔2〕莽苍苍:野色苍茫浑阔的样子。《庄子·逍遥游》:"适莽苍者,三餐而返,腹犹果然。"毛泽东《菩萨蛮·黄鹤楼》:"烟雨莽苍苍,龟蛇锁大江。"

〔3〕云崖:高耸入云的山崖,言其山势险峻。太行山多悬崖峭壁,也为当年八路军战士英勇抗击日寇提供了有利的地形保障。

〔4〕腹地藏戈:大山深入隐藏着刀兵。戈:古代兵器的一种,主要使用于商代至战国时期。这里代指抗日武装力量。

〔5〕坝上:河谷山涧边引导水流的设施。此处泛指抗日战争时期太行山区革命根据地。

〔6〕煎硝:用钾硝石制造炸药的一种土法。

〔7〕鏖战:大规模激烈而艰苦的战斗。北宋欧阳修等撰《新唐书·王翃传》:"引兵三千,与贼鏖战。"毛泽东《菩萨蛮·大柏地》:"当年鏖战急,弹洞前村壁。"

〔8〕倭儿:这里指日寇。中国古代称日本为倭。东汉班固《汉书·地理志下》:"乐浪海中有倭人,分为百馀国。"

满庭芳·冬日凭窗

一九七九年冬

腊鼓催冬，红梅吐艳，暗香浮动清新。

凭窗望远，飞絮不消停。

快趁银妆瑞景，且邀同伴山行。

山岚处，看松葱柏翠，白里更青青。

纵观天下事，三山呼应，四海沸腾。

更新征路上，队队精英。

便山高多乱石，又何能挡住攀登。

登高望，琼山碧树，一派玉莹莹。

注　释

〔1〕满庭芳：词牌名，亦称"满庭霜"等。双调，九十五字或九十六字，有平韵、仄韵两体。这一词牌代表性作品有北宋苏轼《归去来兮》、北宋秦观《山抹微云》等。

〔2〕凭窗：靠着窗子。

〔3〕腊鼓：古楚地风俗于腊八日或腊八前一日击鼓，以为可以驱逐疫病，因称"腊鼓"。南北朝宗懔《荆楚岁时记》："十二月八日为腊日……谚言：'腊鼓鸣，春草生。'村人并击细腰鼓，戴胡公头，及作金刚力士，以逐疫。"

〔4〕暗香浮动：语出北宋林逋《山园小梅》："疏影横斜水清浅，暗香浮动月黄昏。"指梅花随风远送的幽香，含蓄宜人。

〔5〕飞絮：飘飞的杨絮或柳絮，此处指飞舞的雪花。消停：停息，停顿。

〔6〕山岚：山林中的雾气。

〔7〕三山：古代指黄山、庐山、雁荡山三座山峰，此处是泛称，与"四海"一并指代祖国各地。

〔8〕新征路上：新长征路上。新长征，是我国在改革开放之初提出的向社会主义现代化目标进军伟大征程的形象称谓。

〔9〕琼山：指冬日冰雪中玉色晶莹的山体。琼，泛指美玉。

忆洞庭

一九八一年六月

汨罗西向洞庭间，

晓雾初开水接天。

远看千帆分雪浪，

一螺青黛落苍烟。

注 释

〔1〕洞庭:指洞庭湖,位于湖南省北部,长江南岸。水域面积2400多平方公里,曾号称"八百里洞庭",为我国第二大淡水湖。因湖中有君山、湖东岸有岳阳楼等名胜,引来无数文人骚客盘桓吟诵,而极富人文色彩。

〔2〕汨罗:即汨罗江,其两源在湖南省平江县汇合后,向西流到湘阴县北磊石山,注入洞庭湖。相传战国时伟大的爱国主义诗人屈原忧愤国事,投汨罗江而死。至今汨罗江下游的汨罗县境内尚有古屈原祠、屈原墓等。这里距李铎先生出生地醴陵百余公里,精神血脉,千古相承。

〔3〕晓雾初开:清晨的雾气刚刚消散。

〔4〕雪浪:如雪的浪花。

〔5〕一螺青黛:指洞庭湖中的君山。语出唐代雍陶《题君山》:"疑是水仙梳洗处,一螺青黛镜中心。"又源于唐代刘禹锡《望洞庭》:"遥望洞庭山水翠,白银盘里一青螺。"形容湖畔君山与水中倒影,像是仙女那青黑色的螺髻。落苍烟:矗立在烟云苍茫之间。

11

念奴娇·西安大明宫遗址怀古

一九八一年

大明宫宇，藉神工圣斧，玉成仙阁。

老桧虬龙盘锦殿，紫陌金麟丹篦。

太液蓬莱，雕梁碧柱，一炬烟灰没。

残砖断瓦，一时乱土埋镯。

而今冬去春来，书人荟萃，共写唐时瘼。

写尽李唐兴废事，写出罪臣奸恶。

更有游人，凌虚慨叹，往事凭添索。

征鸿掠雁，一腔风起云作。

注 释

〔1〕念奴娇:词牌名。唐天宝年间著名歌女念奴,音调高亢,遂以其名取为调名。双调一百字,以仄韵为多,亦有用平韵者。这一词牌代表性作品有北宋苏轼《赤壁怀古》、南宋张孝祥《过洞庭》、毛泽东《昆仑》等。

〔2〕大明宫遗址:唐长安城主要宫殿遗址,在今陕西省西安市北的龙首原上。大明宫初建于唐太宗贞观八年(634年),唐高宗龙朔二年(662年)重建。建筑精美,规模宏大,是唐代宫殿建筑的代表之一。遗址目前为全国重点文物保护单位。

〔3〕藉:凭借。神工圣斧:亦作神工鬼斧,形容技艺的精巧,似非人工之能为。清代袁枚《随园诗话》卷六:"神工鬼斧,愈出愈奇。"

〔4〕玉成:原意为爱之如玉,助之成功。北宋张载《西铭》:"贫贱忧戚,庸玉汝于成也。"后用为成全之意。

〔5〕桧:亦称"圆柏"、"桧柏",常绿乔木,木质细致坚实,生命力极强,在中国分布甚广。虬龙:古代传说中无角的龙,善盘曲。唐代杜牧《题青云馆》:"虬蟠千仞剧羊肠。"

〔6〕紫陌:京城郊野的道路。唐代刘禹锡《戏赠看花诸君子》:"紫陌红尘拂面来,无人不道看花回。"金麟:铜铸或雕刻的麒麟,作为吉祥灵瑞的象征。《礼记·礼运》:"麟凤龟龙,谓之四灵。"丹鹭:红色的凤凰。古代皇家

以喻祥瑞气象。鸑,即鸑鷟,凤凰的别称。《国语·周语上》:"周之兴也,鸑鷟鸣于岐山。"

〔7〕太液蓬莱:唐代时沿习汉代皇家园林规制和名称,在长安城大明宫北凿建太液池,池中起蓬莱、方丈、瀛洲诸仙山。池分东、西两部,中间以沟渠相连,水源引自禁苑中的漕渠。太液蓬莱,雕梁碧柱,均指大明宫当年盛景。

〔8〕瘝:病痛,疾苦。《诗经·小雅·四月》:"乱离瘝矣。"此处指唐代朝廷的昏聩与社会的动荡。

〔9〕凌虚:站在半空的高处。三国魏曹植《节游赋》:"建三台于前处,飘飞陛以凌虚。"

〔10〕凭添索:任凭增添离乱萧索的愁绪。

南国笔会
一九八一年十二月

脱却长衫换短襟，

疏星历历隔窗明。

满阶蕉叶和梧叶，

一夜风声又雨声。

暂别霜天鸿雁远，

初逢粤地海波清。

有朋共染云烟墨，

南国春风笔底生。

注　释

〔1〕1981年岁尾，作者应邀赴广州参加书画名家南国笔会，即席步郑板桥《秋夜怀友》韵书就此诗。

〔2〕历历：分明可数。唐代崔颢《黄鹤楼》："晴川历历汉阳树，芳草萋萋鹦鹉洲。"

〔3〕满阶一夜句：脱化于清代郑板桥《秋夜怀友》："满阶蕉叶兼梧叶，一夜风声似雨声。"变秋风之夜怀念远方朋友的伤感，为初到绿意盎然的南国的振奋，自然贴切。

〔4〕霜天：指冬季寒冷的北方。鸿雁远：南飞的鸿雁仍然距此那么遥远。鸿雁冬季南飞，只到湖南衡阳一带，所以在广州仍觉"鸿雁远"。

〔5〕粤：广东省的简称，因古为百粤地而得名。

〔6〕云烟墨：徽墨的一种品牌。也指渲染出云烟效果的墨质或墨色。清代恽寿平题画诗："自言只爱王郎笔，半幅云烟墨一痕。"

入　蜀
一九八二年五月

五月天风入蜀中，

长空万里好飞鸿。

才刚一掠巴山绿，

又觉峨眉绿几重。

注 释

〔1〕作者于1982年5月4日乘飞机赴成都,参加中国书法家协会第一次理事会,于机上吟成此诗。

〔2〕蜀:四川省的简称。因西周时为蜀国,秦置蜀郡,三国时又立蜀国,而得此称谓。在古代人的生活真实与诗文表现中,入蜀都是一个独特的话题。"蜀道难,难于上青天"。要么是仕途困顿,要么是战乱所逼,要么是仗剑壮游。入蜀,总是意味着崎岖艰险和感慨万千。作者空中入蜀,以全景俯瞰的视角描绘蜀中风物,心情旷达,意绪超迈,格局上又胜古人一筹。

〔3〕巴山:大巴山的简称。指绵延四川、重庆、甘肃、陕西、湖北五省市边境山脉的总称,为四川、汉中两盆地的界山,山势陡峭,林木茂密。

〔4〕峨眉:蜀中名山,位于四川省东部。山势险峻,峰峦挺秀,素有"峨眉天下秀"之誉,为中国佛教名山和道教名山。绿几重:一重重的浓绿苍翠远远近近地铺开。

题友人山水画
一九八二年五月九日

一山雄峙大江西，

幽峡飞帆绕暗矶。

浪削危崖风削浪，

数重烟霭逼天低。

注 释

〔1〕题画诗：文人雅士之间互邀在画作上题诗，是中国古代文化交流、交融的一种重要形式。往往是画家绘出作品后，请在诗文、书法上造诣精深的大家、名家，为其在画幅上题写诗句，以突出主题，增添意趣，丰富内涵。

〔2〕雄峙：高高地耸立。

〔3〕幽峡：幽深的峡谷。飞帆：快速驶过的轻舟。暗矶：隐没在水草浪花间的岩石。

〔4〕浪削危崖风削浪：激浪冲击着高峻的崖石，烈风吹荡着卷起的浪花。表现山之险、水之急、风之烈。危崖：高峻的悬崖。明代徐霞客《徐霞客游记·游嵩山日记》："两旁危崖万仞，石脊悬其间，殆无寸土。"

〔5〕烟霭：山间水面的云气。唐代岑参《东归发犍为至泥溪舟中作》："烟霭吴楚连，溯沿湖海通。"逼天低：云气与天相接，使天空也显得低垂下来。

无 题
一九八二年九月十九日

陌室寒居翰墨多，

晨昏展卷自研磨。

窗前一片清心竹，

引我抒怀更切磋。

注 释

〔1〕陋室：简陋窄小的屋子。西汉韩婴《韩诗外传》："彼大儒者，虽隐居穷巷陋室，无置锥之地，而王公不能与之争名矣。"唐代刘禹锡《陋室铭》流传甚广。中国古代圣贤时常以居室之陋，与人品之正、学养之厚相对应，表明"斯是陋室，唯吾德馨"的生命价值观。寒居：简淡朴素地居住生活。翰墨：指书法或国画。元代脱脱撰《宋史·米芾传》："特妙于翰墨，沈著飞翥，得王献之笔意。"这里指笔砚法帖等文房用品。

〔2〕晨昏展卷自研磨：从早到晚以执卷诵读、挥毫作书来充实自己，提高素养。研磨：原指在砚间研磨墨锭，此处意为消磨时光。

〔3〕清心竹：竹子青翠、虚心、有节，被古人誉为可以清心励志之物，故作者谓之"清心竹"。

〔4〕引我抒怀更切磋：（窗前那片竹子）不仅让我时时望之而抒发情怀，更仿佛以它们的摇曳多姿，在与我商讨探索文化学术上的问题。切磋：本义是把骨、角、玉、石加工制成器物，引申为学问上的商讨研究。《诗经·卫风·淇奥》："有匪君子，如切如磋，如琢如磨。"

22

水调歌头·春日寄语军报记者
一九八二年十月十七日

已是冰消尽，不负报春梅。

纵观天下丘壑，春日正芳菲。

极目葱茏万顷，绿野如茵似锦，漫步玉骢随。

下马观春景，俯首察精微。

新鲜事，如泉注，熠清辉。

快将春讯传遍，疾疾路千回。

纵使关山路远，衣带渐宽人瘦，决意把春追。

追到春深处，采得百花归。

注 释

〔1〕水调歌头：词牌名。又名《元会曲》、《凯歌》、《台城游》等。双调九十五字，平韵。这一词牌代表性作品有北宋苏轼《明月几时有》、毛泽东《游泳》等。

〔2〕寄语：原为传话意。唐代杜甫《路逢襄阳杨少府入城》："寄语杨员外，山寒少茯苓。"此处意为饱含深意地告诉。

〔3〕丘壑：山岭和深沟之处。唐代杜甫《解闷》："不见高人王右丞，蓝田丘壑漫寒藤。"

〔4〕极目：尽目力所及地远望。东汉王粲《登楼赋》："平原远而极目兮，蔽荆山之高岑。"周恩来《春日偶成》："极目青郊外，烟霾布正浓。"

〔5〕葱茏：草木青翠茂盛。西晋郭璞《江赋》："潜荟葱茏。"

〔6〕如茵似锦：像铺开的毯子或锦缎。

〔7〕玉骢：泛指骏马。唐代韩翃《少年行》："千点斑斓喷玉骢，青丝结尾绣缠鬃。"清代赵翼《香山夜归即事》："玉骢亦解人良会，故踏花阴缓缓归。"骢：毛色青白相杂的马。

〔8〕精微：精细微妙。现存最早的中医理论著作《黄帝内经·素问》第十七章，即名为《脉要精微论》。

〔9〕熠清辉：闪耀着明亮的光泽。熠：光耀鲜明的样子。在这里作动词用。

〔10〕衣带渐宽人瘦：化自宋代词人柳永《蝶恋花·伫倚危楼风

细细》"衣带渐宽终不悔，为伊消得人憔悴"句。形容为
追求目标而劳心劳力、人渐消瘦的样子。

欣闻我国水下发射火箭成功
一九八二年十月十七日

云物霞光拂曙曦，

潜龙伏海射虹霓。

残星几点嗟晨早，

长箭高飞乱鬼狸。

巨浪翻花花涌浪，

轻鸥击水水争嬉。

一横剑气秋风爽，

直入青云带水犁。

注 释

〔1〕1982年10月12日，我国常规动力潜艇水下发射运载火箭
成功。李铎先生闻此喜讯，赋诗一首，书赠参试人员。

〔2〕曙曦：天色破晓时的阳光。

〔3〕潜龙：指我军发射火箭的潜艇。虹霓：东汉班固《汉
书·扬雄传》："青云为纷，虹蜺为缳。"北宋经学家邢昺
所撰《尔雅·注疏》："虹双出，色鲜盛者为雄，雄曰虹，
暗者为雌，雌曰蜺。"

〔4〕嗟：感叹，赞叹。

〔5〕鬼狸：鬼魅和野猫。比喻国际上的反华势力。

〔6〕巨浪翻花花涌浪：形容火箭破水而出，激起冲天巨浪和
无数浪花，使海面久久不能平息。

〔7〕剑气：指剑的光芒。太平天国石达开《白龙洞题壁》："剑
气冲星斗，文光射日虹。"这里指火箭凌空疾射之势。

〔8〕青云：高空的云，亦借指高空。《楚辞·远游》："涉青云
以泛滥兮，忽临睨夫旧乡。"带水犁：长箭划过天空的痕
迹，像是水田深耕的样子。以犁喻箭，也显示出作者"化
剑为犁"的美好和平愿望。

观《三希堂》石刻

一九八三年四月

雨霁春山碧，

凌风紫燕飞。

三希堂上客，

日暮不知归。

注　释

〔1〕三希堂：原在北京故官博物院养心殿西暖阁，清高宗乾隆将内府所藏三件古代法帖稀有之物，即王羲之《快雪时晴帖》、王珣《伯远帖》、王献之《中秋帖》收藏于此，以"三希"名堂。后乾隆将内府所藏魏晋至明代法书精美者，包括上述"三希"，模勒刻石，拓印成册，取名《三希堂法帖》，是法帖中的巨制，也成为后世临摹的重要范本。这一批刻石495方，嵌于北京北海阅古楼四壁，是我国现存最为完整的古代书法艺术石刻。

〔2〕霁：指雨停云散，天色放晴。春山：春天里的山光。既可指故官博物院北侧景山、京郊西山等具体的山峰，也是在描绘作者心中无数春日雨后碧绿的峰峦。

〔3〕紫燕：也称越燕，体型较小，颌下为紫色，喜营巢于门楣之上，多分布于江南。唐代顾况《悲歌》："紫燕西飞欲寄书，白云何处逢来客。"

〔4〕日暮不知归：与唐代李白《观猎》"不知白日暮，欢赏夜方归"和宋代李清照《如梦令·常记溪亭日暮》"常记溪亭日暮，沉醉不知归路"有脱化之迹，却意趣别出，生动地表现了作者沉醉古人书法意境，栖迟良久，不忍离去的状态。

为迁安宣纸厂试纸

一九八三年四月

迁安纸素试英才，

抹罢云松乱点苔。

点到神情缥忽处，

万般生气一齐来。

注　释

〔1〕河北省迁安市宣纸生产历史悠久，明代中后期达到鼎盛，有"南宣北迁"之誉。迁安宣纸柔软纯净，洁白细腻，搓折无损，长期保存不变色，不腐不蛀，吸水性好，被书画家视为珍品。李铎先生偶作国画，高古典雅，笔墨老辣。这首诗就是写他为迁安造纸厂试纸创作山水画的情景。

〔2〕素：原指白色生绢。古乐府《上山采蘼芜》："新人工织缣，故人工织素。"引申为洁白的纯色。试英才：当时亦有多位书画名家参与试纸创作活动，故作者以"英才"赞誉这些同行。

〔3〕点苔：中国画技法中的一种。用毛笔作出直、横、圆、尖或破锋的点子，表现山石、地坡、枝干上和树根旁的苔藓杂草，以及远处峰峦上的树木，在山水画创作中广为运用。明代唐志契《绘事微言》："画不点苔，山无生气。"

〔4〕神情缥忽：精神和情绪若清晰若迷离，进入艺术创作的专注状态。

〔5〕万般生气一齐来：画面上山崖、云气、树木的生动气息破纸而出，扑面而来。表现作者笔墨传神的同时，也赞扬了迁安宣纸适宜书画创作的优良特性。

参观张裕葡萄酒厂戏题
一九八三年九月九日

一别蓬瀛又酒家，

葡萄美酒醉流霞。

闲来放胆吟新句，

也学张颠抖墨花。

注　释

〔1〕张裕葡萄酒厂，位于山东省烟台市。1892年由著名爱国华侨实业家张弼士投资创办，是中国第一个工业化生产葡萄酒的厂家，目前是亚洲规模最大的葡萄酒生产企业。

〔2〕蓬瀛：蓬莱和瀛洲，古代传说中的仙山。东汉班固《汉书·郊祀志上》：“使人入海求蓬莱、方丈、瀛洲，此三神山者，其传在渤海中。”此诗中指临近烟台市的蓬莱市。作者刚离开蓬莱市即来到烟台参观张裕葡萄酒厂。

〔3〕醉流霞：天边流动变幻的云霞也似为美酒所醉。

〔4〕放胆：放开胸怀，大胆地。

〔5〕张颠：即唐代书法家张旭。他为人洒脱不羁，以草书最为著名。相传张旭醉后往往有癫狂之态，故人称张颠。怀素继承发展了他的草书，也甚为嗜酒，史上将两人并称为“颠张狂素”。李铎先生于张旭草书艺术深有研究，神追手摩，笔墨之间古意盎然。他曾在《谈书法》一文中提出，写草书要“像张旭、怀素那样笔画软中有硬，有那种将钢丝化为绕指柔的感觉”。在《“情”在书写中的作用》一文中，引用唐代文学家韩愈评论张旭草书“可喜可愕，一寓于书”的书法美学观，来深刻阐述“情”与“书”的关系。

祖国颂
一九八三年十月

祖国有天皆丽日，

神州无处不葱茏。

人逢治世精神爽，

运际阳和瑞气融。

千草春来依次绿，

百花时到竞先红。

山山水水明如画，

好运频书岁岁隆。

注 释

〔1〕丽日:明亮的太阳。明代洪楩所编《清平山堂话本》:"这一年四季,无过是春天,最好景致。日谓之'丽日',风谓之'和风'。"这里指祖国大地阳光明媚、春风和煦的景色。

〔2〕葱茏:原意是草木青翠繁茂,这里形容社会局势呈现出勃勃生气。

〔3〕治世:安定清明之世。《荀子·天论》:"受时与治世同,而殃祸与治世异。"

〔4〕运际:时运适逢。阳和:春天祥和的气氛。西汉司马迁《史记·秦始皇本纪》:"维二十九年,时在中春,阳和方起。"

〔5〕千草百花句:以草之绿、花之红喻人喻事,表明了祖国欣逢盛世,民族振兴有期,不仅亿万民众精神振奋,社会百业竞相发展,自然界也是一派草木茂盛,生机盎然。

〔6〕明如画:明媚美丽如同图画。清代吴历撰有联语:"一溪烟水明如画,十亩桑田谁并耕。"

〔7〕好运频书:好的景象和态势像不断书写出来的动人诗篇。指国家社会经济迅速呈现的新变化。

为《军事学术》杂志而作
一九八四年九月

丛林戈未息，

豺虎正嚣尘。

瀚海残鲨集，

边城乱鬼麇。

研我三军略，

蹈我战时勋。

布阵云山合，

当关细抚琴。

注　释

〔1〕这是一首强国强军的有感之作，彰显着军人强烈的忧患意识和卫国情怀，尤其是成诗于上世纪八十年代改革开放初期，在当时经济大潮冲击下，社会的关注点更多的是合作、互利、共赢等经济领域的问题，而作者仍保持着高度的清醒、秉持着军人的使命，来关注国际局势和国家安全，尤为可敬。

〔2〕丛林戈未息：当今世界战争就没有停息过。丛林：比喻当今世界。戈：古代兵器的一种，这里代指战争。

〔3〕嚣尘：喧闹得尘土飞扬。《左传·昭公三年》："子之宅近市，湫隘嚣尘，不可以居。"这里指反华势力像林中豺狼虎豹一样张牙舞爪、狂嚣吼叫。

〔4〕乱鬼麇：窜奔的鬼怪成群地出没。这里指妄图犯我边疆的敌对势力。麇（qún）：通"群"，成群。《左传·昭公五年》："求诸侯而麇至。"

〔5〕蹈我战时勋：再建我们当年战争年代的功勋。蹈：履行、遵循。宋代苏轼《伊尹论》："后之君子，蹈常而习故。"勋：杰出的贡献。《周礼·司勋》："王功曰勋。"

〔6〕布阵当关句：制敌的方略要紧密结合自然环境和国际局势，大敌当前要平心静气，从容应对。布阵：列出战斗的阵势。引申为制定方略、安排措施。

应蒲松龄纪念馆题
一九八五年八月

巧藉幽冥力，

讥弹积世尘。

蒲公三尺帛，

一掸气森森。

注 释

〔1〕蒲松龄纪念馆：位于山东省淄博市，系在蒲松龄故居基础上修建，为全国重点文物保护单位。蒲松龄（1640年—1715年），清代文学家，字留仙，一字剑臣，号柳泉，世称聊斋先生，淄川（今属山东淄博）人。其所著短篇小说集《聊斋志异》，通过谈狐说鬼的表现方式，对当时的社会政治多有批判。

〔2〕藉：借的通假字，凭借，依靠。幽冥：指阴间、地下。南朝宋范晔《后汉书·袁谭传》："冤魂痛于幽冥，创痍被于草棘。"这里指狐妖鬼仙之类。

〔3〕讥弹：指责缺点错误。三国魏曹植《与杨德祖书》："仆尝好人讥弹其文，有不善者，应时改定。"积世尘：积存已久的世间尘垢。唐代卢纶《题念济寺晕上人院》："世尘徒委积，劫火定焚烧。"此处指清末政治的腐败、社会的黑暗。

〔4〕三尺帚：三尺长的扫帚。这里是借喻蒲松龄手中的如椽巨笔，有横扫之势。

〔5〕掸：挥扫，拂除。气森森：气息阴沉森严。比喻蒲松龄所著《聊斋志异》在针砭时弊、激刺贪腐方面深刻而有力。

登黄鹤楼

一九八五年十月十六日

客子停舟欲上楼，

登临回望楚江秋。

乡书日夜浮黄鹤，

闲却霜天万里鸥。

注 释

〔1〕黄鹤楼:位于湖北省武汉市长江南岸的蛇山之上,始建于三国时代,享有"天下江山第一楼"之誉,颇有历史文化影响。清光绪十年毁废。一九八五年夏,黄鹤楼重建落成。李铎先生于当年十月客武汉东湖,应邀登楼。面对浩荡江水,俯瞰龟蛇横锁,遥想古楼沧桑变迁,系念故乡风物人情,思潮澎湃,感慨万千,赋诗抒怀。此诗一出,流传甚广,曾深得启功先生激赏。启功先生撰有一篇文章,赞誉李铎先生"有诗才,既无失律,又有意蕴"。不少学者认为,此诗意境幽邃,感情真切,是新文化运动以来旧体诗的经典之作,足入唐人格。

〔2〕客子:旅居异乡的人。汉代王粲《怀德》:"鹳鹒在幽草,客子泪已零。去乡三十载,幸遭天下平。"作者久寓北京,时客武汉,故以客子自谓。

〔3〕楚江:即长江。因长江流经地域多属楚地,故有此称。唐代李白《游洞庭》:"洞庭西望楚江分,水尽南天不见云。"

〔4〕乡书:家书,家信。唐代王湾《次北固山下》:"乡书何处达,归雁洛阳边。"浮黄鹤:浮现着翩然飞翔的黄鹤。毛泽东《登庐山》:"云横九派浮黄鹤,浪下三吴起白烟。"

〔5〕闲却:闲去,闲下来了。宋代汪藻《点绛唇》:"好个霜天,闲却传杯手。"万里鸥:飞越万里的鸥鸟。武汉东湖有摩崖石刻诗句:"若问人间何处好,山色湖光万里鸥。"

卜算子·忆潇湘
一九八六年二月

日梦潇湘风，

夜梦潇湘雨。

更梦潇湘一片云，

载我潇湘去。

俯首看潇湘，

美景清如许。

帝子乘风下翠岚，

我亦随风与。

注 释

〔1〕卜算子:词牌名。又名《缺月挂疏桐》、《百尺楼》等。双调四十四字,仄韵。这一词牌代表性作品有北宋苏轼《黄州定惠院寓居作》、陆游《咏梅》等。这首《卜算子》是李铎先生为《湖南日报》"潇湘副刊"所填。

〔2〕潇湘:原为湘江的别称,因湘江水清澈幽深而得名。此处指作者的家乡湖南湘东地区。唐代郑谷《淮上与友人别》:"数声风笛离亭晚,君向潇湘我向秦。""潇湘"一词在这首词中数度出现,却处处贴切,丝毫不觉重复拗口,表现出作者浓郁真挚的故乡情怀和高妙娴熟的语言运用能力。

〔3〕清如许:像这样清秀妩媚。北宋朱熹《观书有感其一》:"问渠那得清如许,为有源头活水来。"

〔4〕帝子:帝尧的两个女儿娥皇、女英,也即舜的两个妃子。《楚辞·九歌》:"帝子降兮北渚。"传说舜"崩于仓梧之野,葬于江南九嶷",二妃追到湘水边的君山,自投湘水,为湘水神。翠岚:山林中的雾气。唐代皮日休《虎丘寺西小溪闲泛》:"鼓子花明白石岸,桃枝竹覆翠岚溪。"

〔5〕我亦随风与:我也乘着风与她们一同回到湘水岸边。与:一同,一道。这两句由梦中云端看潇湘,联想到二妃的神话传说,想象着与仙人一道驾着风,穿过深山青翠迷蒙的雾气,降落到魂牵梦绕的故乡土地上,表现了作者乡思之深、乡情之切。

忆　旧
一九八六年十一月二十六日

别梦依稀到醴陵，

状元洲下水泞泞。

姜湾夜月波光冷，

犹忆舱头送履人。

忆　旧

注　释

〔1〕别梦：离别多年，往事如梦。五代张泌《寄人》："别梦依依到谢家。"依稀：隐约，仿佛。醴陵：在湖南省株洲市东部，现为县级市，属湘江支流渌水流域。李铎先生出生在醴陵市新阳乡易家渡村，五岁发蒙读私塾，先后在醴陵县城做学徒工、上中学，对醴陵县城境况非常熟悉，且深有感情。这首"忆旧"，就是回忆当年在醴陵旧县城帮工学徒时的情景和感受。

〔2〕状元洲：醴陵市区内一处风景名胜，坐落在渌江之中。因当地有古谶云"洲过县门前，醴陵出状元"，故取名"状元洲"。泠泠：形容雨连绵不断地下。西晋潘尼《苦雨赋》："瞻中塘之浩汗，听长溜之泠泠。"

〔3〕姜湾：渌江流经醴陵城区，形成一个江湾，因位于姜岭之下，所以称为姜湾。在相当长时间里，这里是醴陵瓷器外运的装船码头。少年李铎在瓷厂做学徒时，姜湾洒满了他的汗水，留下了他人生艰难的记忆。

〔4〕犹忆舱头送履人：李铎先生幼年家境贫寒，饱尝生活艰辛。一次他从姜湾返家，赤脚刚登上小船，有一位同学，也是表亲，匆匆赶来，送他一双布鞋。几十年过去了，李铎先生时常回忆起这一幕，也常常对家乡亲朋故友充满感激和思念。

重游西子湖
一九八八年五月

相隔十年后，

重游西子湖。

名园依绿水，

野竹映新居。

时雨荣芳草，

和风弄碧池。

联吟鄂王墓，

犹赋冷泉诗。

重游西子湖

注　释

〔1〕李铎先生曾于此前十年游览西湖，但行色匆匆，未及细细
品味湖光山色，临别与浙江陪同的友人相约再游西湖，故
谓之重游。作者吟就此诗，即书赠浙江工学院。

〔2〕西子湖：即杭州西湖。因北宋苏轼诗句"欲把西湖比西
子"而有此称。西子，即春秋时越国美女西施。以西子比
西湖，也形象地说明了西湖之美。2011年6月，杭州西湖
文化景观被正式列入世界文化遗产名录。

〔3〕名园：指西湖"刘庄"，三面临湖，一面靠山，芳草萋萋，
古树参天，被誉为"西湖第一名园"，现为西湖国宾馆。

〔4〕时雨：应时的雨水。晋代陶潜《五月旦作和戴主簿》："神
萍写时雨，晨色奏景风。"

〔5〕鄂王墓：即岳飞墓。位于杭州西湖边栖霞岭下，面湖而
建。岳飞于宋高宗绍兴十二年（1142年）以"莫须有"的
罪名被杀害，宋孝宗时以礼改葬于这里，宋宁宗嘉泰四年
（1204年）追封岳飞为鄂王。鄂王墓现为全国重点文物
保护单位。

〔6〕冷泉：杭州西湖飞来峰下灵隐寺前，有一条冷泉洞，洞
边建有冷泉亭。唐代白居易曾写有《冷泉亭记》，描绘了
冷泉亭宜人景色。明代书法家董其昌游历此地，吟有一联
"泉自几时冷起，峰从何处飞来"，以设问拟出，似问非
问，问中有答，妙不可言。后人多有作答的和联，尤以清

末学者俞樾《春在堂随笔》所记其夫人撰的"泉自冷时冷起,峰从飞处飞来"最为知名,看似答无所答,实则禅境独开。董其昌手书刻联已遗失百年,浙中书法大家沙孟海重新书写了"泉自几时冷起,峰从何处飞来。"这次李铎先生游冷泉亭,应当地文化部门邀请,题写了"泉自冷时冷起,峰从飞处飞来"联。自此,飞来峰下,冷泉亭上,有问有答,殊为有趣。

题宜宾酒家

步明李春先游流杯池咏韵

一九八九年春

谁引三江汇一津，

宜宾合口势如吞。

锁江亭上倾琼液，

九曲池中荡玉樽。

席上珍肴川味正，

座间清舞蜀情深。

劝酬未尽阳春曲，

不觉繁灯已满村。

注　释

〔1〕宜宾：位于四川省南部，金沙江、岷江、长江三江交汇于此，自古有"万里长江第一城"之称，为国家级历史文化名城。

〔2〕步韵：作旧体诗方式之一，亦称次韵，即依照所和诗的用韵和用韵的先后次序写诗。李春先：明代诗人。其所著《游流杯池咏》："谁将怪石劈为门？引入烟霞势欲吞。水有源头流玉液，人从谷口泛金樽。座间罗绮山花簇，席上笙簧鸟语喧。曲折劝酬情不尽，喜看明月转江村。"尽述流杯池风景之胜，现刻于山间石壁之上。李铎先生此诗即步其韵。

〔3〕锁江亭：流经宜宾市区的岷江江心有一巨石，像是在扼锁大江，石上建有一亭，史称"锁江亭"。北宋黄庭坚《晚饮锁江亭》："锁江亭上一樽酒，山自白云江自横。"

〔4〕九曲池：亦称"流杯池"，位于宜宾市北郊天柱山下深谷中。史载为北宋诗人、书法家黄庭坚谪居宜宾，仿王羲之"曲水流觞"意境，凿九曲之渠，"引水为流觞之乐"所建。玉樽：玉制的酒器，泛指精美雅致的酒杯。

〔5〕劝酬：互相劝酒、敬酒。明代李昌祺《剪灯馀话》："坐中劝酬极至，语杂极至。"阳春曲：原为古曲名，此处指席间弹奏助兴的音乐。

为母校校庆作
一九八九年四月

犹忆当年四二八，

湘东学友正风华。

渌江桥畔齐挥臂，

文庙坪前共捣枷。

暗夜深沉终不寐，

晓风吹雾醉飞霞。

春晖一片暾暾日，

处处欢腾处处花。

注 释

〔1〕李铎先生母校醴陵一中,创办于1905年4月28日,为湘中百年名校,桃李广布,英才辈出,且有着光荣的追求民主、自由、和平的革命传统。

〔2〕当年四二八:指1949年4月28日,醴陵一中(当时称湘东中学,故有下句"湘东学友"之说)校庆日那天,全校师生走上街头,开展"反饥饿、反内战、反迫害、争民主"大游行,并成功摆脱国民党宪兵阻挠,鼓舞了民众情绪,也客观上促进了湖南全境的和平解放。时为青年学生的李铎亦是这场游行活动的积极参与者。

〔3〕渌江桥:醴陵县城横跨渌江的桥梁,是当年学生游行队伍走过的地方。

〔4〕文庙坪:醴陵文庙前广场。醴陵文庙,始建于元代,久负盛名。坪:原指山地间局部的平坦地面,这里指庙前广场。捣枷:捣毁枷锁。游行学生聚集在这里,宣传进步思想,交流革命观点,抛弃旧的腐朽观念束缚,像是在捣毁那无形的枷锁。

〔5〕不寐:不能入睡。《诗经·柏舟》:"耿耿不寐,如有隐忧。"

〔6〕春晕:春色晕染。暾暾:形容阳光明亮温暖。西汉刘向《楚辞·九叹·远游》:"日暾暾其西舍兮,阳焱焱而复顾。"

六十抒怀

一九九〇年四月十九日

　　余少时，母延人算命，谓此子十八有难，恐难闯关，非许愿难脱。母急切求麻衣大仙保佑：如能佑儿闯过大难，愿亲手织麻，制衣奉仙。数年后，母不幸早逝，是时，余年仅十四。愿事迄今未还，而余年已花甲矣。故神灵本属虚无，人之寿算天年，绝非神力之所能左右耳。谨作是诗以纪。

三逢十八且盈余，

许愿无由本属虚。

倘使真仙能赐寿，

再添一倍又何如。

注 释

〔1〕李铎先生身为信仰坚定的军人,也是彻底的唯物主义者,对于宿命际运,素来淡然。值其六十寿辰,书友及学生前往祝贺,他忆及少年时一番经历,颇为感慨。

〔2〕三逢十八且盈余:十八岁这个寿限已过了三次而且还有剩余。作者年少时,算命人称其十八岁有难,而今已是六十寿庆,故有此句。

〔3〕许愿:把自己内心的愿望告诉神灵,求神佑护自己实现。许愿既是一种宗教仪式,也是一种民俗行为,方式有很多种。无由:没有根据。

〔4〕赐寿:赏赐增加寿数、延长寿命。

〔5〕再添一倍又何如:再添加六十岁又怎么样呢?作者以轻松而略带调侃的语气,表明了神灵"本属虚"的唯物主义世界观,也展现了积极进取的人生自信。

香山观景

一九九一年一月七日

琼阁西山下，

香薰白壁幽。

翠湖邀晚月，

夜幔掩霜秋。

红叶停鸿雁，

金麟戏碧丘。

陶然真福地，

醉与胜朋游。

注 释

〔1〕香山：位于北京西郊，为西山山岭之一。峰峦争秀，层林郁茂，尤以秋季遍山黄栌，叶红似火，蔚为大观。"香山红叶"也是京城知名胜景。

〔2〕琼阁：古人指神仙居住的玉砌的楼阁，这里形容华美的楼台。南朝梁陶弘景《水仙赋》："层城瑶馆，缙云琼阁，黄帝所以觞百神也。"西山：北京西部群山的总称，均秀美多姿，各有佳处，香山为其中之一。此处西山即指香山。

〔3〕夜幔：像帐子一样的夜色。

〔4〕鸿雁：大型候鸟，每年秋季南迁，常常引起游子思乡怀亲之情和羁旅感伤，所以鸿雁常用来表达故园之恋和倦返之思。唐代杜甫《天末怀李白》："鸿雁几时到，江湖秋水多。"诗中以南下鸿雁因红叶而栖留停息，乐不思返，表现了红叶之盛和香山之美。

〔5〕陶然真福地：真是一处引人快乐沉醉的地方。陶然：快乐的样子。晋代陶潜《时运》："挥兹一觞，陶然自乐。"福地：道教中指神仙居住之处，有七十二福地之说。亦指幸福安乐的地方。

〔6〕醉与胜朋游：沉醉于和志趣相同的朋友山水游乐之中。胜朋：志趣相同的朋友。置身山水之间，可以忘却一切世俗烦扰，化解所有的焦虑紧张，所以古人说"山可镇俗，水可涤妄"。表现了作者具有传统士人的仁智情怀。

宋　陵

一九九一年十月十七日

汴京巩宋陵，

御道草森森。

千古沉浮事，

何人问浊清。

注 释

〔1〕李铎先生应邀为河南省巩县（现为巩义市）宋陵神墨碑林题字，慨叹千古兴衰、人事浊清，吟成此诗。

〔2〕宋陵：北宋皇帝的陵墓，在河南省巩义市西郊嵩山北麓。陵区南北长约15公里，东西宽约10公里。有太祖永昌陵、太宗永熙陵、真宗永定陵、仁宗永昭陵、英宗永厚陵、神宗永裕陵、哲宗永泰陵，及太祖父亲的永安陵，共七帝八陵。附葬皇后陵21座，陪葬王公大臣如包拯、寇准等墓冢百余座。各陵建筑均由上宫、宫城、地宫、下宫组成。陵前两侧并列望柱、石人、石兽，庄严肃穆。宋陵现为全国重点文物保护单位。

〔3〕汴京：即今天的河南开封，古称"汴州"、"大梁"、"东京"，为中国历史上多个王朝的都城，北宋王朝即建都于此，经济文化繁荣一时。

〔4〕御道：原为专供帝王行走的道路，这里指陵前的神道。

〔5〕浊清：亦作清浊。原意为清澈的水和污浊的水，比喻人事的优劣、善恶、高下等。西汉司马迁《史记·吴太伯世家》："延陵季子之仁心，慕义无穷，见微而知清浊。"

题齐白石纪念馆
一九九一年十月二十三日

高风奇肆出，

落笔鬼神惊。

不主故常态，

偏宗独树旌。

富存三百石，

寿极老人星。

寰宇垂崇范，

星沙筑彩甍。

注　释

〔1〕齐白石纪念馆：坐落于湖南省湘潭市区，为纪念世界文化名人、一代中国画巨匠齐白石而建。占地400余亩，依湖设馆，为仿砖木结构庭院式建筑群。李铎先生十分景仰齐白石这位乡贤，应邀为纪念馆题诗，并书写成丈二巨制相赠。

〔2〕奇肆：奇逸奔放。

〔3〕不主故常态，偏宗独树旌：不刻意追求哪家风格，所以能够展现自我状态；注重从生活和民间艺术汲取养分，才能树起个性鲜明的旗帜。

〔4〕富存三百石：齐白石诗书画印俱佳，虽然是以画名震寰宇，对印章却情有独钟，篆刻刀法爽劲，风格独具，曾自我评价"印第一"。他一生治印甚多，供自己使用的就有数百方，曾自号"三百石印富翁"，并将此语刻制成闲章，常用于书画作品。

〔5〕寿极老人星：齐白石出生于1864年元旦，病逝于1957年9月，实际享年94岁。他曾于70岁前虚三岁，所以书画落款年龄往往与实际年龄有差别。

〔6〕星沙：长沙近郊镇名，借指长沙，引申为齐白石的故土。
彩甍：彩色的屋脊。这里指纪念馆建筑的独特精美，也含蓄地表达了纪念馆建筑之匠心独运，与齐白石艺术造诣相协调，与湖湘民众对齐白石的仰慕之情相协调。甍，古

意为屋脊。东汉刘熙《释名·释官室》："屋脊曰甍。甍，蒙也，在上覆蒙屋也。"

海南首届国际椰子节

一九九二年三月三十日

春风拂拂到天涯，

三月椰城满地花。

凤羽高擎荫百业，

龙躯直上佑千家。

摇来仙霭红云合，

扫尽浮埃紫气佳。

最是琼浆招远客，

称觞献瑞醉芳华。

注　释

〔1〕首届国际椰子节:1992年春,海南举办首届国际椰子节,
　　融旅游、文化、民俗、体育、经贸于一体,以"发展旅游、
　　交流文化、推动经贸、扩大开放"为宗旨,以海南民俗文
　　化为主要特色,吸引了众多国内外旅游者和客商,起到了
　　"让世界了解海南,让海南走向世界"的作用。

〔2〕椰城:即今天海南省海口市。位于海南岛北部,因盛产椰
　　子树而获此美称。

〔3〕凤羽高擎、龙躯直上:均是作者对椰子节庆典上民俗文
　　化展演活动的形象描绘。因为椰子树在琼岛民间被誉为
　　百瑞吉祥之物,故有此句中"荫百业"、"佑千家"之言。
　　荫:庇护,保护。佑:以神的力量来帮助。

〔4〕仙霭:神仙驾驭的吉祥的瑞气。

〔5〕紫气:指宝物的光气或祥瑞之气。唐代杜甫《秋兴》:
　　"西望瑶池降王母,东来紫气满函关。"

〔6〕琼浆:原意为美酒。战国屈原《招魂》:"华酌既陈,有琼
　　浆些。"这里指洁白的椰子汁。

〔6〕称觞:古意为举杯献酒,以示祝贺或欢迎。汉代崔寔《四
　　民月令》:"子妇孙曾,各上椒酒其家长,称觞举寿,欣欣
　　如也。"献瑞:原意是晋献祥瑞。元代邹选《金马门赋》:
　　"海若献瑞,冯夷效祥。"这里指献上吉祥的祝福。

鉴　湖

一九九三年三月二十六日

船行百屋栏栅外，

岛没千峰雾霭中。

喜看蓑翁收蚌练，

珍珠盘里滚玲珑。

注 释

〔1〕鉴湖：位于浙江省绍兴市南，原名镜湖，相传黄帝铸镜于
此而得名。鉴湖湖面宽阔，水势浩淼，泛舟其中，近处碧
波荡漾，远处青山重叠，有在镜中游之感。鉴湖不仅有独
特的自然风光，周边还有许多名胜古迹如马臻墓、陆游
故里、三山、快阁遗址等为之增色。且鉴湖水质特佳，驰
名中外的绍兴老酒，即用此湖水酿造。

〔2〕栏栅：用木棍等材料纵横交错编成的遮栏。这里指养殖
户在湖水中形成的分隔。

〔3〕蓑翁：穿着蓑衣的老人，指渔翁，此处也指养殖和收获珍
珠的人。唐代杜牧《齐安郡晚秋》："可怜赤壁争雄渡，
唯有蓑翁坐钓鱼。"蚌练：指珠母贝等生长珍珠的贝壳。

〔4〕珍珠盘里滚玲珑：渔翁采下的珍珠在蚌壳里滚动，发出
清越的声音。珍珠盘：指蚌壳。滚玲珑：精美的珍珠在
蚌壳里滚动发出清脆声响。玲珑一词此处既指清越的
声音（唐代贾岛《就峰公宿》："残月华晻暧，远水响玲
珑。"），也指精美珍珠（唐代苏鹗《杜阳杂编》卷中：
"轻金冠以金丝结之为鸾鹤状，仍饰以五采细珠，玲珑
相续，可高一尺，秤之无二三分。"）。

六七初度

一九九七年四月十九日

一蹊桃蕊向阳开，

疑有刘郎步履来。

今日六旬初晋七，

几行新柳正成材。

注　释

〔1〕李铎先生这首诗写于67周岁生日那天，他与多位青年书法家畅游京郊桃园，新柳初绿，桃花盛开，心旷神怡，脚步稳健，即兴口占一绝。

〔2〕初度：指始生之时、出生之日，但与"生日"的用法又不完全一样，有初始、开始之意。出自战国屈原《离骚》："皇览揆余于初度兮，肇锡余以嘉名。"古人称"初度"，无论作"生日"解，还是指一岁之始，都是就虚岁说的。今人称"初度"，则多指实岁。李铎先生此诗作于67岁生日，故名之"六七初度"。

〔3〕蹊：山路，亦泛指小路。西汉司马迁《史记·李将军列传》："谚曰：'桃李不言，下自成蹊。'"

〔4〕疑有刘郎步履来：从唐人刘禹锡诗句"前度刘郎今又来"化出。但刘禹锡诗表达的是愤懑不平与孤傲不驯，而李铎先生的诗意却充满了对他人的尊重与欣赏，一派平和。

〔5〕几行新柳正成材：既是写沿路所见春天柳枝勃发、生机盎然的自然景象，也是暗喻身边这些青年书法爱好者正德业并进、茁壮成长，表达了一个老书法家对后学的关爱与期望。

观黄果树瀑布

一九九八年四月

怒泻飞奔落彩虹，

声闻十里动苍穹。

淘濛冷雾侵衣履，

气夺骄天百万龙。

注 释

〔1〕黄果树瀑布:在贵州省镇宁布依族苗族自治县境内的白水河上。白水河从高山流出,到黄果树地段,河床突然断落,形成七股瀑布,夏季洪峰时汇成巨瀑,宽81米,落差74米,其势汹涌澎湃,极为壮观。

〔2〕怒泻飞奔:迅疾地喷涌奔落。形容黄果树瀑布飞落直下的磅礴气势。

〔3〕动苍穹:振颤回荡在苍茫广阔的天空。

〔4〕洵濛:弥漫冰凉的水汽。洵:浪涛相激的声音,意为寒凉。冷雾:冷冽的雾气。

〔5〕气夺骄天百万龙:意为飞瀑的声威气势压过那骄飞天地间的百万巨龙,使其气焰顿消,黯然失色。气夺:勇气丧失。汉代王粲《羽猎赋》:"禽兽振骇,魂亡气夺。"

无　题
一九九八年八月三十一日

老树扬枝志未残，

兴酣摇笔落苍烟。

蹲锋对月吟新句，

踏遍青山夕照还。

无　题

注　释

〔1〕为中央电视台《夕阳红》栏目组题诗。

〔2〕志未残：壮志还没有消减。展示了作者这棵"老树"旺盛的生命力和进取意志。

〔3〕兴酣摇笔：兴致正浓时下笔挥写。出自唐代李白《江上吟》诗中"兴酣落笔摇五岳，诗成笑傲凌沧州"句。落苍烟：挥毫纸上，老辣的笔势和浓重的墨色如烟云苍茫。

〔4〕蹲锋：书法用笔的一种。蹲，有蹲踞、停留的意思。蹲锋大致是指运笔缓行中，笔锋在纸上作蹲留之势，以形成顿挫和节奏感。

〔5〕踏遍青山：走遍祖国的千山万水。毛泽东《清平乐·会昌》："踏遍青山人未老，风景这边独好。"表现出革命者无所畏惧、奋力前行的豪迈。夕照还：夕阳映照下安然信步。近代陈三立《雪晴登四照阁同闲止杜园》："白龙天矫谁骑出，只带鸦边夕照还。"

澳门回归在即
一九九九年夏

澳陆飞梭越海桥，

门前舟楫竞犁涛。

回看岸柳扬风处，

归来紫燕喜登巢。

注 释

〔1〕此诗为藏头诗,将"澳门回归"四字嵌入每句之首。

〔2〕澳陆:澳门和中国大陆。越海桥:指莲花大桥。此桥建于1994年,横跨十字门水道,将珠海大小横琴填海区和澳门西南的路凼填海区连为一体,拓宽了珠海与澳门两地的发展空间。

〔3〕舟楫:水上船只。宋代陆游《过小孤山大孤山》:"幸有舟楫迟。"竞:强盛;强劲。《诗经·周颂·执竞》:"执竞武王,无竞维烈。"犁:此处为动词,劈开,通剺。竞犁涛:强劲地劈开波涛。澳门即将回归,和大陆之间往来船只十分密集,这些船只在海面上劈波斩浪,势不可挡,如同祖国统一之大势。

〔4〕岸柳扬风处:岸上柳树枝叶被风吹起的地方。

〔5〕归来紫燕喜登巢:作者以紫燕归巢比喻澳门回归。紫燕是江南的一种燕子,因紫色寓意吉祥而受人喜爱。作者写就此诗早于澳门回归半年多,有关方面在充分征询民意的基础上,将紫燕确定为澳门回归的吉祥物。这是一种巧合,也是诗意与民意、艺术与生活的和谐统一。

兰 亭

二〇〇〇年四月八日

修禊山阴学右军，

诗吟芳草溢缤纷。

流觞共染兰溪墨，

同贺千年第一春。

兰 亭

注 释

〔1〕兰亭:位于浙江省绍兴市西南兰渚山下,始建于秦。北魏郦道元《水经注·浙江水》:"湖口有亭,号曰兰亭,亦曰兰上里。太守王羲之、谢安兄弟数往造焉。"古亭几经迁移,今存兰亭为清康熙年间重建。兰亭因史载东晋王羲之等一干文人墨客在此雅集咏诵,并留下书法艺术千古绝唱《兰亭集序》,而成为中国文化史上的一处圣地,尤令历代书法家向往。

〔2〕修禊:古俗夏历三月上旬的巳日(三国以后固定为三月三日),人们到水边嬉游,以消除不祥,称为"修禊"。山阴:旧县名,秦代设置,因在会稽山之阴而得名,位于今浙江省绍兴市境内。右军:即东晋大书法家王羲之。王羲之曾官至右军将军,因而世称王右军。此句是说作者效仿王羲之等"暮春之初,会于会稽山阴之兰亭,修禊事也"(《兰亭集序》),在兰亭与文化名流雅集的一件盛事。

〔3〕流觞:在古俗"修禊"日,士人相约集会于环曲的水渠旁,在上游放置酒杯,任其顺流而下,停在谁的面前,谁即取饮,并当场赋诗,叫作"流觞",也称"流杯"。这种盛行于魏晋文人士族间的游戏流传至今。兰溪:兰亭旁的小溪。

〔4〕同贺千年第一春:修禊、流觞、吟诗、染墨,"诗人兴会更无前"。作者与友人这次雅集在千禧年第一个春天,因而称"千年第一春"。

调寄八声甘州

二〇〇三年二月十日

紫云东护日，喜凌空，长天列彩屏。

望苍穹碧海，机舱明亮，满座高朋。

主席论书切翰，"三有"一何精。

时有斟茶者，声细脚轻。

忽报专机抵坦，俄而两行迎众，鼓乐欢腾。

一路频招手，黑发映山青。

犹记取，心长语重，励同胞报国莫嫌贫。

欢声起，襟怀高楚，心与云平。

注 释

〔1〕2003年2月10日，李铎先生作为时任全国政协主席李瑞环为主的九位国宾之一出访非洲四国，首站抵达坦桑尼亚，下榻皇家棕榈饭店。据机上见闻和抵坦感受，填词一阕。

〔2〕调寄：调，曲调，寄，依靠，托付。意思是这首词采用"八声甘州"这一词牌的曲调。八声甘州：词牌名，改制于唐玄宗时教坊大曲《甘州》，音节慷慨悲凉，上下阕八韵，故名八声。双调九十七字，平韵。这一词牌作品以北宋柳永《对潇潇暮雨洒江天》最为著名，因而又名"潇潇曲"。有代表性的作品还有北宋苏轼《寄参寥子》、南宋辛弃疾《故将军饮罢夜归来》等。

〔3〕紫云东护日：紫色的云气东起，像是在护卫太阳。"紫云"既是实指，也暗含"紫气东来"的吉祥之意。

〔4〕论书切翰：评论书法翰墨艺术。切，这里是谈论的意思。

〔5〕"三有"：指李瑞环主席自谈学书体会："心中有数，眼里有尺，下笔有准"。一何精：何其精妙。

〔6〕俄而：不久，一会儿；忽然。

〔7〕襟怀高楚，心与云平：胸怀开阔澄澈，心胸气度远接云天。

观安阳殷墟甲骨苑有感

二〇〇三年九月二十七日

千年殷甲隐刀痕，

刻戳奇离字可寻。

不是先民占卜盛，

何来龟骨证先文。

注 释

〔1〕安阳殷墟甲骨苑:即安阳殷墟博物苑,建立在殷墟之上
的遗址博物馆,为国家5A级旅游景区。殷墟:商代后期
(前1300年—前1046年) 都城遗址,在河南省安阳市郊
小屯村周围。1899年最早在此发现占卜用的刻辞甲骨,后
经多年考古发掘,先后出土了宫殿、作坊、墓葬等遗迹,
以及大量的生产工具、生活用具和甲骨等,对研究商代后
期奴隶制社会政治、文化、经济等有着重大意义。1961
年,国务院将殷墟列为第一批全国重点文物保护单位。
2006年7月,被正式列入世界文化遗产名录。甲骨:特指
商周时代刻有文字的龟甲和兽骨,最早出土于河南安阳
的殷墟,多达十余万片。所刻画的文字被称为"甲骨文"或
"契文"、"卜辞"、"殷墟文字",已发现的单字约五千多
个,可辨识的近两千字,都是商王朝占卜吉凶时写刻的卜
辞和记事文字,也是中国文字与书法的源头。近年在陕西
扶风、岐山一带,又相继发现一些西周时代刻有文字符号
的甲骨。

〔2〕殷甲:殷商时代的甲骨。

〔3〕刻戳:用刀类工具刻写。奇离:奇特,离奇。形容甲骨文年
代久远,奇特难辨。

〔4〕占卜:古人推测吉凶祸福的一种活动。"占"是观察的意
思,"卜"在商代主要是以火灼龟壳,以其出现的裂纹形

状来作预测。清代胡煦撰有《卜法详考》四卷，对各种卜
法、卜理记载很是详尽。

〔5〕先文：先贤创造的文化与文明。

题山水画《深谷流泉》
二〇〇四年

壁立高千尺，

飞琼落古潭。

老松悬葛久，

深谷起苍烟。

注 释

〔1〕壁立高千尺：陡峭的山崖像墙壁一样高高耸立。壁立：像墙壁一样耸立。北魏郦道元《水经注·巨马水》："层岩壁立，直上干霄。"

〔2〕飞琼：原指传说中西王母身边的侍女许飞琼，后泛指仙女。《汉武帝内传》："王母乃命诸侍女…… 许飞琼，鼓震灵之簧。"也在文学修辞中比喻白色的轻盈物，如雪花等。宋代辛弃疾《满江红·和范先之咏雪》："天上飞琼，毕竟向人间情薄。"此处指带有白色水花的飞瀑。古潭：幽深的山潭。潭为自然之物，原无古今之分，以古称之，是言其荒寒幽深，有万古之意。

〔3〕葛：一种藤蔓植物，常缠附在它物上。此句是说苍老的松树上悬挂着一样苍老的葛藤。

〔4〕深谷起苍烟：深深的山谷间浮现出苍茫的烟雾。既言峰壑之幽，也赞画法之妙。

题竹雀图

二〇〇四年

竹有清风石有苔，
何人勾引此中来。
穿林小雀鸠鸠扑，
恰似童心两不猜。

注 释

〔1〕竹雀图：中国花鸟画常见题材，表现竹子的清逸之气和雀鸟的扑面生机。

〔2〕竹有清风：画家通过竹枝竹叶的动静向背，表现出清风拂过的场景。清风，也是比喻竹子的守节高洁之气。

〔3〕何人勾引此中来：是什么人把这样的景致勾画到这里来。

〔4〕鸠：原指鸠鸽科鸟类，此处作形声词用，表现小雀的叫声。鸠鸠扑：小雀欢叫着扑闹嬉戏。

〔5〕童心两不猜：出自成语"两小无猜"，形容男女小时候在一起玩耍，天真烂漫，没有猜疑，或形容男女从小具有深厚纯真的感情。作者是说林中雀鸟的欢闹嬉戏，仿佛孩童之间充满纯真童趣的玩闹。

题人物画
二〇〇四年

烟云出没有无间，

半在空中半在山。

北望燕州消日月，

何人与我捎信还。

注 释

〔1〕人物画：是中国画中的一大画科，出现较山水画、花鸟画等为早，以人物形象为主体，大体分为道释画、仕女画、肖像画、风俗画、历史故事画等，有着较强的主题表现力。

〔2〕有无间：若有若无之间。

〔3〕半在空中半在山：烟云一半飘荡在空中，一半浮现在山腰。作者直接描述了画面上烟云出没之景，又间接透露了烟云是从创作者的胸怀中流露出来，通过画笔飘落在纸上山川之间，同时这股烟云又仿佛进入了观赏者的胸襟，与之产生艺术共鸣。将主观感悟与客观呈现、创作者与观赏者有机结合，殊为妙绝。

〔4〕燕州：古代行政区划。北魏孝文帝太和十一年（487）分恒州东部、幽州北部置燕州，唐代也有设置，在今北京、河北一带。这里泛指北方。消日月：消磨时光岁月。此句表现画中人物仿佛在孤独而悲切地怅然北望。

〔5〕何人与我捎信还：什么人能为我捎来远方亲友的书信呢？赋予画中人物以情感和思想，正是题画诗的"点睛"之处。

题人物画
二〇〇四年五月

独坐两孤身，

青山四为邻。

空余陶钵半，

凄苦是何人。

注　释

〔1〕李铎先生在日常工作和书画笔会活动中，时常遇到有同道持画作来求题句，先生总是欣然应允，审视其题材、意境，即席援笔赋诗，有不少诗作就此流传出去。此诗是为哪位友人作品所题，已无可考。

〔2〕独坐两孤身：一人独坐，何以又言两孤身？原来是一人清寂、一松无言，两相孤独，却又深山相伴。

〔3〕青山四为邻：四周青山围合，像是独坐者的邻居。唐代李嘉祐《晚登江楼有怀》诗中有"青山绿水共为邻"句，与之有同工之妙。

〔4〕陶钵：我国历史上成型于新石器时代的陶制盛水器，后沿袭使用数千年，是人们生活中常见的饮食、饮水器皿。此句讲独坐者身边仅有一个残损且空无食物的陶钵，足见其不仅是内心的孤独，还有生活的窘迫。

〔5〕凄苦是何人：凄凉苦寂的独坐者是什么人呢？以此设问，引发人们对画中人物身世的探究，更增添了人物画的故事色彩和对旧社会、旧制度的憎恶。

题画山水
二〇〇四年

山峦起伏碧摩空，

漫步登临醉晓钟。

一径扶桑疏雨外，

满坡芳草淡烟中。

粉墙灰瓦僧居静，

峭壁崖扉别路通。

危磴险盘回望极，

九天万壑揽于胸。

注 释

〔1〕碧摩空：随山势连绵起伏的绿色远接天空。

〔2〕醉晓钟：沉醉于远远传来的晨间悠扬的钟声。作者此处写画中人物听到晨钟的感受，与下面所说的"僧居静"，一虚一实，营造了"深山藏古寺"的意境。

〔3〕一径扶桑疏雨外：沿着山径生长的扶桑花，在疏落的小雨中静静开放。扶桑：又称"朱槿"、"佛桑"，全年开花，观赏性强。疏雨：稀疏的微雨。唐代孟浩然《句》："微云淡河汉，疏雨滴梧桐。"

〔4〕粉墙：白色的墙壁。唐代方干《新月》："隐隐临珠箔，微微上粉墙。"僧居静：深山僧舍寂静无声。

〔5〕峭壁崖扉别路通：像墙壁门扇一样陡峭的岩崖无法逾越，只能另找其他可以通行的山路。扉：门扇。晋代陶潜《与从弟敬远》："顾盼莫谁知，荆扉昼常闭。"

〔6〕危磴九天句：沿着险峻的山路石阶登临峰顶，放眼回望，万里云天，无尽峰壑，一一汇入胸襟。磴：山路的石级。唐代李白《北上行》："磴道盘且峻，巉岩凌穹苍。"盘：通磐，纡回层叠的山石。

回醴陵

二〇〇四年八月

秋阳送我到家门，

一路风尘万里心。

渌水潺潺圆旧梦，

青山迤迤任追寻。

国瓷玉润冠寰宇，

花炮嫣妍绽彩虹。

把酒当歌兄弟在，

中秋月朗故乡明。

注 释

〔1〕李铎先生出生于湖南省醴陵市,自1949年秋参军离开家乡,几经辗转,定居北京,由青年学子而成为一名战士,由默默无闻而声誉日隆名满天下,其间乡情久萦,故园长望,终于在离开家乡55年后,于2004年秋重回醴陵,与胞弟等亲人共度中秋佳节。

〔2〕渌水:湘江支流,流经醴陵市,因水质清澈而得名。李铎先生童年常在渌水边游玩,后又沿渌水外出求学。渌水,荡漾着他无尽的童年回忆,寄托了他无尽的少年梦想。

〔3〕迤迤:起伏连绵的样子。

〔4〕国瓷:醴陵历史上有"瓷城"之称。新中国成立后,醴陵就为国家领导人和重要外事机构烧制生活用瓷。醴陵瓷采用独特的釉下五彩工艺,通透柔和,温润如玉,被誉为"国瓷"。

〔5〕花炮嫣妍绽彩虹:烟花在空中五彩斑斓地绽放,像雨后天空的彩虹。醴陵是花炮业祖师李畋的故乡,是花炮的发祥地,有着1300年的花炮生产史,其生产工艺、产品研发等,都与当地民风习俗、人文教化紧密联系,相互影响,形成了独具特色的花炮文化。

〔6〕把酒当歌:语出东汉曹操《短歌行》"对酒当歌,人生几何",意思为边举杯畅饮,边轻吟长歌,表现出人生的惬意。

神舟六号发射成功感赋
二〇〇五年十月十二日

又将神六会天龙，

起看双骄走白虹。

漫道千星遥万里，

须臾飞掠广寒宫。

93

注 释

〔1〕2005年10月12日,神舟六号载人飞船在酒泉卫星发射中心成功发射。李铎先生应邀到现场观看发射全过程,深为国家科技发展、国力日强而振奋,遂赋此诗。

〔2〕又将:此前,神舟系列飞船已成功发射五次,故以此称。

〔3〕双骄:指神舟六号搭载的宇航员费俊龙、聂海胜二人。白虹:古人称日月周围的白色晕圈。《礼记·聘义》:"气如白虹,天也。"这里指广袤的太空。

〔4〕漫道千星遥万里:不要说那无数的星辰都有万里之遥。漫道:莫说。毛泽东《忆秦娥·娄山关》:"雄关漫道真如铁,而今迈步从头越。"

〔5〕广寒宫:古代神话传说中位于月球上嫦娥居住的宫殿。这里指神舟六号飞掠过的月球等宇宙星体。

为解放军电视艺术中心题《报春图》
二〇〇六年四月

齐写梅花第一枝,

且歌且舞且吟诗。

才刚写尽春消息,

报与群芳次第知。

注　释

〔1〕解放军电视艺术中心请书画家创作大幅国画作品《报春图》，请李铎先生在画上题诗增色。

〔2〕齐写：大幅国画《报春图》，由多位作家联袂创作，故称"齐写"。

〔3〕且歌且舞且吟诗：既写书画家创作时，场内同时有歌舞吟诵等艺术演出，也表达了作者希望盛开的梅花永远与歌舞相伴的美好愿望。

〔4〕春消息：春天来到的信息。因梅花开时，春意将临，故国画创作中传统梅花题材常有传递春天将至信息的喻意。

〔5〕群芳：指百花。如明代王象晋编撰有介绍栽培花卉植物的著作《群芳谱》。次第：依照一定顺序一个接一个地。唐代杜牧《过华清宫》："长安回望绣成堆，山顶千门次第开。"

题山水纹砚

二〇〇六年十月十八日

难得石皮裹玉材，

雕师着意巧安排。

苍松针叶香细细，

曲径通幽几费猜。

金线平畴开玉镜，

银花倒泊展琴台。

桥连小岸云深黑，

水接端溪人去来。

注 释

〔1〕李铎先生颇为嗜砚,多有收藏,尤其喜好材质精美、纹路独特的石砚。这方自然呈现山水纹理的石砚就常为其把玩观赏。

〔2〕石皮裹玉材:虽是石质,但质地温润如玉,故有此说。

〔3〕苍松针叶香细细:密布的石纹像松针一样,仿佛传出淡淡的香气。

〔4〕曲径通幽:弯曲的小路通向幽深的地方。语出唐代诗人常建《题破山寺后禅院》:"曲径通幽处,禅房花木深。"几费猜:颇为让人费心猜测。说明石砚上纹理生动逼真。

〔5〕平畴:平坦的原野。晋代陶潜《癸卯岁始春怀古田舍》:"平畴交远风,良苗亦怀新。"

〔6〕银花倒泊:石上白点如水中的银色花朵。琴台:位于武汉龟山西麓,月湖东畔,传为俞伯牙弹琴遇钟子期之处。台与湖光山色相映,景致别出,这里是形容石纹意境之美。

〔7〕端溪:溪水名,流经广东省高要县,沿岸为端砚石的重要产地。由此,作者最后点出这方呈现了生动山水纹的石砚,是一方产于端溪边的端砚。

丁亥中秋太和殿赏月笔会
二〇〇七年九月

巍巍高殿气萧森，

易主江山史迹陈。

摆案玉墀迎朗月，

相逢尽是太平人。

注 释

〔1〕2007年中秋节，有关部门在北京故宫太和殿前，邀请知名
书画家举办赏月笔会。李铎先生应邀参加，赋诗助兴。

太和殿：俗称"金銮殿"。北京故宫三大殿（太和殿、中和
殿、保和殿）中建筑体量最大的一个。始建于明永乐十八
年（1420年），现有建筑为清康熙三十四年（1695年）重
修。殿高35米，东西长64米，南北宽33米，面积达2377平
方米，建于三层汉白玉台基上。气势宏阔，金碧辉煌，是我
国现存最大的木结构官殿建筑。明清两代帝王即位，或
重大节日庆典，都在此举行。

〔2〕萧森：肃然而森严。北魏杨衒之《洛阳伽蓝记》："堂宇宏
美，林木萧森。"

〔3〕易主江山史迹陈：大好河山早已换成人民当家作主，历史
的痕迹现实地陈列着。史迹陈，既是指故宫建筑群，也是
指故宫博物院内陈列展出的精美历史文物。

〔4〕玉墀：宫殿前的台阶。汉武帝《落叶哀蝉曲》："罗袂兮无
声，玉墀兮尘生。"

喜迎十七大

二〇〇七年九月二十八日

秋高秋色胜春朝，

万里云山一碧遥。

盛世和音谐意好，

千花千树向天骄。

注　释

〔1〕中国共产党第十七次全国代表大会于2007年10月15日在
北京开幕。李铎先生饱含一个老共产党员的激情，放眼
远望，诗兴勃发，充满振奋和期待。

〔2〕秋高秋色胜春朝：秋高气爽，秋光绚烂，胜过春天的景
象。在礼赞北京的秋天的同时，也表达了迎接盛会的明
媚心情。

〔3〕万里云山：辽阔无际的祖国河山。清代杰出诗人宋湘曾题
写对联悬于昆明大观楼："千秋笔墨惊天地，万里云山入
画图。"一碧遥：一色的碧绿远远地延展着。

〔4〕盛世和音：繁荣昌盛的时代，处处祥和的气氛。谐意：和
谐的追求和意愿。

〔5〕千花千树向天骄：满目的花草树木竞相生长，向天空展示
着勃勃生机。作者以这种全景式的大视野描写，既是在
描绘自然界林木花草旺盛的生命力，也是在表达个人饱
满的情绪和不懈的追求。千花千树：表现花木之繁之旺。
语出南宋辛弃疾《青玉案·元夕》："东风夜放花千树。"

八十抒怀

二〇〇九年四月三十日

香樟渌水大王山，

白鹭纷栖雪满巅。

少小扶竿舠竹渡，

嬉玩犹在数天前。

凭窗几度怀乡远，

老病仍依桌案边。

索隐探幽三昧久，

神游太古八荒天。

注　释

〔1〕八十岁生日,李铎先生忆及故乡童年,回味平生,感慨良多,赋诗抒怀。

〔2〕香樟:醴陵老家有两株千余年树龄的香樟树,枝繁叶茂,生机无限,每至雨后风过,香气袭人。李铎先生少年时常在树下玩耍,记忆深刻。渌水:流经醴陵的一条河流,水质清澈。大王山:位于醴陵市易家渡,生长着很多大香樟树,山势不高,但险秀兼具。

〔3〕白鹭纷栖雪满巅:大王山的香樟树上纷纷栖落的白鹭,像是覆盖着一层白雪。醴陵一带,常有白鹭大片栖息,成为当地一景。

〔4〕舢竹渡:(乘)小舢板船或竹筏渡河。

〔5〕索隐探幽三味久:长期探索研究事物(特指历史文化)那些尚不明确的幽深的诀要或精义,有着丰富的体会和收获。表明了作者对书法艺术等优秀传统文化的不懈钻研。索隐探幽:探索研究那些隐藏着的规律或奥秘。语出我国古代风水研究的重要作品《飞星赋》:"察来彰往,索隐探幽。"三味:阅读古代经史子集等书籍的不同体会。宋代李淑《邯郸书目》:"诗书味之太羹,史为折俎,子为醯醢,是为三味。"鲁迅读书的"三味书屋","三味"即是取自此意。也有人提出"三味书屋"的"三味"是借用了清代郑板桥"布衣暖,菜根香,诗书滋味长"诗意,亦是一说。

〔6〕太古：远古，上古。《荀子·正论》："太古薄葬，故不抇
也。"八荒：八个方向，指辽阔荒远的地方。清末梁启超
《少年中国说》："纵有千古，横有八荒。"太古八荒，指
的是上下千年，纵横万里，任由作者神游其间。

造　像

二〇一〇年四月一日

庄君笔似刀，

钩勒若铜雕。

我在滩头立，

心潮逐浪高。

造　像

注　释

〔1〕造像：雕塑或铸造佛像的简语，多用作古代宗教人物的通称。后引申为以艺术手法，如雕塑、绘画、摄影等塑造人物形象。青年画家庄明正为李铎先生绘制肖像，形神兼备，李铎先生很是喜爱，在画面一侧题写了这首诗。

〔2〕庄君：庄明正，山东人，擅长中国画。1991年毕业于解放军艺术学院美术系。

〔3〕钩勒：亦作勾勒，谓用刀或笔大致刻画或描绘出事物的轮廓。此句是说画家用笔扎实有力，干净利落。若铜雕：像是青铜雕像。形容画风的凝炼厚重。

〔4〕心潮逐浪高：潮水般激荡着的思想情绪，跟着波涛翻腾起伏，越来越高。表现了诗作者精神世界的丰富，也表明画家笔法的传神。语出毛泽东词《菩萨蛮·黄鹤楼》："把酒酹滔滔，心潮逐浪高！"作者久习毛泽东主席诗词，在自己诗文创作中时有引用，感情真挚，贴切传神。

迷

二〇一〇年八月三日

四上黄山石道斜，

天都峰似有仙家。

才刚隐没烟波里，

不见真身只见纱。

迷

注　释

〔1〕黄山：位于安徽省南部，因传说黄帝曾在此炼丹而得名。以
　　"奇松、怪石、云海、温泉"四绝而享誉天下，素有"五岳归
　　来不看山，黄山归来不看岳"之说。1990年12月，黄山被正
　　式列入世界自然与文化遗产名录。李铎先生对黄山情有独
　　钟，一生数上黄山，留下了不少诗篇和书作。这首诗写他第
　　四次登上黄山所见，描述了云雾与山峰的变幻。

〔2〕天都峰：黄山三大主峰之一，高达1810米，直冲云霄，为
　　黄山诸峰中最险峻者，古称"群仙所都"，故被命名为天
　　都峰。这句诗是说，天都峰上似乎仍有传说中的神仙居
　　住在那里。

〔3〕隐没烟波里：隐没在如烟如水的云雾之中。北宋苏轼
　　《送沈逵赴广南》："孤舟出没烟波里。"

〔4〕不见真身只见纱：山间云雾缭绕，山峰隐没其间，使人看
　　不清楚真面目，像是蒙了纱幕一般。真身：神仙或佛祖的
　　正身，指事物的本来面目。

咏黄山

二〇一〇年八月

侧倚蓬莱岛，中临始信峰。

来时仙指路，梦笔自生情。

持以抒胸臆，心中块垒平。

昊天风景彻，无地不钟灵。

怪石嶒崚峭，青松冠裂生。

天工施巧琢，造化极苍旻。

攀岳探云壑，黄山独占春。

一生痴绝处，奇幻总回萦。

注　释

〔1〕蓬莱岛：又名黄山蓬莱三岛。沿前山石径攀登，过"一线
　　天"，回首望去，可见三座参差不齐的小石峰相拥而立，峰
　　上奇松挺拔。每当云雾缭绕，峰尖微露，似海中岛屿，仿佛
　　使人进入传说中的蓬莱仙境，故取名"蓬莱三岛"。

〔2〕始信峰：在黄山北海散花坞东，海拔1668米。这里怪石争
　　秀，奇松林立，云蒸霞蔚，风景独绝。相传，明代黄习远自
　　云谷寺游至此处，如游画中，如入幻境，方知黄山风景确是
　　美不胜收、妙不可言，遂题写"始信"二字以名此峰。这里
　　汇聚了许多黄山名松，如接引松、龙爪松、卧龙松、探海松
　　等，当地俗语称："不到始信峰，不见黄山松。"

〔3〕梦笔：南朝梁江淹，少有文名，世称江郎。传说江淹少
　　时，梦见有人授以五色笔，故文采俊发。后以"梦笔生
　　花"比喻才思敏捷，文章华美。黄山梦笔，又名笔峰、"梦
　　笔生花"，为黄山胜景。据《开元天宝遗事》载，李白曾梦
　　见深山松海中有一支巨笔挺立，直插云霄，笔端有一朵鲜
　　花盛开。后李白游至黄山，看到笔峰失声喊道："梦中之
　　笔花原来在此也。"

〔4〕持以心中句：拿"梦笔"来写诗著文，抒发自己内心的感
　　受，消解心胸间郁结的烦闷不平。块垒：亦作"块磊"。出
　　自南北朝刘义庆《世说新语·任诞》："王孝伯问王大：
　　'阮籍何如司马相如?'王大曰：'阮籍胸中垒块，故需酒

浇之。'"阮籍心怀不平，经常饮酒浇愁。后人常用块垒比喻胸中郁结的愁闷或气愤。此处作者是说，陶醉在既有丰富历史人文背景，又有绝美风光的黄山之中，多么渴望能借助"梦笔"抒发情怀，歌颂山川之胜，以平息内心久积的烦闷。

〔5〕昊天：指夏季的天空。《尔雅·释天》："夏为昊天。"彻：通透澄澈。此句是说，夏季晴朗的天空和周围的景色皆通透清新，使人神清气爽。

〔6〕钟灵：钟灵毓秀，意为凝聚了天地间的灵气，孕育着优秀的人物。晋代左思《齐都赋》："幽幽故都，萋萋荒台，掩没多少钟灵毓秀！"此处是称赞黄山人杰地灵，处处别样风景间，隐没着古圣先贤的长啸与足音。

〔7〕嶒崚：高而险峻。明代刘基《长安有狭邪行》："嶒崚磨为光，窊坳辗成渠。"

〔8〕青松冠裂生：山间有青松生长于裂开的岩石缝隙中。黄山诸景中，奇松独占鳌头。因黄山山体主要由燕山期花岗岩构成，垂直节理发育，侵蚀切割强烈，断裂和裂隙交错。松树生命力顽强坚韧，常生长于此类裂隙之中，成为黄山一景，也是文人墨客争相吟诵的对象。

〔9〕苍旻：即苍天。晋代陶潜《感士不遇赋》："苍旻遐缅，人事无已。"此句是说黄山景色鬼斧神工，甚至超过了苍天

造化的水平。

〔10〕云壑：云气遮覆的山谷。南朝孔稚珪《北山移文》："诱我松桂，欺我云壑。"

〔11〕一生痴绝处：出自明代汤显祖《游黄山白岳不果》："欲识金银气，多从黄白游。一生痴绝处，无梦到徽州。"原意是说不愿去经济发达令人羡慕的流金之地徽州以获得发财的机会，被后人引申为赞颂徽州的人文和自然景观令人痴绝。作者此处借以抒发对古代徽州境内的黄山绝美风景的热爱。

〔12〕回萦：回旋萦绕。

赞党的十八大胜利召开

二〇一二年十一月

鸿篇德睿漾清流，

沁入心田意未休。

国计运筹商国是，

民生集注解民忧。

纷繁世事多元应，

击鼓催征稳驭舟。

科学探微深更测，

五湖四海任周游。

注 释

〔1〕中共十八大全国代表大会,于2012年11月8日在北京开幕。李铎先生精神振奋,豪气盈怀,赋诗礼赞。

〔2〕鸿篇德睿漾清流:党的工作报告主旨鲜明、深刻洞达,像清澈的泉水荡漾奔流。德睿:思想性强,充满智慧。

〔3〕国计运筹:谋划制定国家的大政方针。运筹:筹划、制定策略。唐代孟浩然《送告八从军》:"运筹将入幕,养拙就闲居。"国是:指国家的重大事务,与"国事"意相近。

〔4〕民生集注:民生问题汇集众多,引起高度关注和重点分析。

〔5〕纷繁世事多元应:纷繁复杂的世间万象,是由多种因素形成的。应:应验,造成。

〔6〕击鼓催征稳驭舟:敲响了进军的战鼓,催人奋进,迈上征程,稳稳地驾驭着远航的巨轮。真切地表达了作者作为一名老党员、老战士,对祖国安定富强、民族团结振兴的无限期望。

〔7〕科学探微:以科学的态度和方法探索社会发展基本规律。

〔8〕周游:到处游走观览。唐代司马贞附《史记·太史公自序》"索隐述赞":"太史良才,寔纂先德。周游历览,东西南北。"

红军长征胜利八十周年抒怀

二〇一六年三月十日

长征惨烈动天河，

恶水狼关枉自多。

羆虎独夫空怅望，

延河饮马我高歌。

注 释

〔1〕惨烈：悲惨而壮烈。宋代苏轼《屈原庙赋》："忽终章之惨烈兮，逝将去此而沉吟。"

〔2〕恶水狼关：湍急的江河和险峻的关隘。枉自多：徒然拥有那么多。毛泽东《七律·送瘟神》："绿水青山枉自多，华佗无奈小虫何。"

〔3〕羆虎：凶猛的野兽。羆：熊的一种。《诗经·大雅·韩奕》："有熊有羆。"独夫：众叛亲离的统治者。清代黄宗羲《原君》："今也天下之人怨恶其君，视之如寇仇，名之为独夫，固其所也。"空怅望：白白地惆怅失望。红军长征到达大渡河畔，这里山高水激，是当年太平天国石达开部全军覆没之地。蒋介石提出让红军做第二个石达开。红军强渡大渡河，飞夺泸定桥，胜利越过天堑，令蒋介石徒然失望。

〔4〕延河饮马：在延河边让马饮水。指红军长征胜利到达陕北。延河，黄河中游支流，在陕西省北部，流经延安。

祖国万岁

二〇一一年初草，二〇一六年三月改定

泱泱大国，雄踞东方。

山河壮丽，百国来观。

文明衍进，黄河长江。

改朝更代，各历沧桑。

沉狮睡醒，崛起一方。

党旗高举，有纪有纲。

革命先烈，流血流汗。

成就伟业，开国封疆。

马列指导，意气昂扬。

推进文明，群策群方。

人才广集，惠利中央。

科技创新，激创尖端。

两弹一星，旷世辉煌。

神舟遨游，广探天堂。

亚奥世博，全球腾欢。

华实蔽野，黍稷盈仓。

国计民生，急起超强。

社会稳定，国泰民安。

港澳回归，红旗飘扬。

两岸互通，友谊相帮。

同胞手足，本属炎黄。

和谐盛世，共举同襄。

特色社会，立本图强。

三个代表，惠及梓桑。

他人炫武，我挺脊梁。

先期预警，有备有常。

国威军威，卫土保疆。

砺兵秣马，不畏强梁。

纵有不足，自主更张。

反腐倡廉，首恶必戕。

爱党爱国，亦爱友邦。

一方有难，八方支援。

人民富庶，国力自强。

强而不霸，富而不张。

国际外交，有理有章。

讲信修睦，共济舟舱。

珍爱繁荣，斥彼癫狂。

倡导和平，德厚流光。

各族团结，如沐春芳。

先进文化，竭力弘扬。

与时俱进，纲本立张。

绿色低碳，齐奔大康。

空谈误国，实干兴邦。

复兴之梦，万众齐欢。

祖国伟大,祖国坚强。

丰功伟业,赫赫扬扬。

吾侪之爱国兮,若孺子之爱母;

祝母亲之永康兮,期万寿而无疆!

注 释

〔1〕泱泱：形容水势浩瀚的样子，引申为气魄宏大。《左传·襄公二十九年》："美哉！泱泱乎！大风也哉。"

〔2〕百国来观：世界各国人士前来瞻仰游览。这里既指壮美的山川，也指灿烂的文化。

〔3〕衍进：充实变化而发展。衍：原意为水汇流入海。东汉许慎《说文》："衍，水朝宗于海也。"

〔4〕有纪有纲：有严格的纪律要领、法规制度。西汉司马迁《史记·秦始皇本纪》："大圣作治，建定法度，显著纲纪。"

〔5〕开国封疆：建立了崭新的国家，稳定了国土边防。封疆：原指分封土地的疆界。《孟子·公孙丑下》："域民不以封疆之界。"

〔6〕两弹一星：原指我们国家在上世纪六十、七十年代成功自主研发的原子弹、氢弹和人造卫星，后为中国依靠自己的力量掌握的核技术和空间技术的统称。

〔7〕神舟遨游：神舟飞船在太空畅游。神舟飞船是中国自行研制的达到或优于国际第三代载人飞船技术的航天器。2013年6月11日，神舟十号飞船成功发射，遨游太空15天后，安全返回地面，引起世界高度关注。

〔8〕亚奥世博：指我们国家先后承办的亚运会、奥运会和世博会。

〔9〕华实蔽野，黍稷盈仓：盛开的花朵和成熟的果实布满原野，丰收的五谷堆满粮仓。黍稷：分别为两种粮食作物，泛指一般粮食作物。《周礼·夏官》："其畜宜牛马，其谷宜黍稷。"

〔10〕同襄：共同相助而成。襄：辅佐，帮助。

〔11〕梓桑：常作桑梓。桑和梓是古代家宅旁边常栽的树木，后用作故乡的代称。汉代张衡《南都赋》："永世克孝，怀桑梓焉。"这里指祖国各地。

〔12〕砺兵秣马：磨亮兵器，喂饱马匹。指做好战斗准备。砺：磨刀石。《荀子·劝学》："金就砺则利。"秣：喂牲畜的谷草饲料。强梁：强横凶暴，或指强盗。老子《道德经》："强梁者不得其死。"

〔13〕必戕：必须铲除。戕：杀害。《左传·宣公十八年》："邾人戕鄫子于鄫。"

〔14〕讲信修睦：（人与人、国与国之间）讲究信用，谋求和睦。语出《礼记·礼运》："选贤与能，讲信修睦。"

〔15〕德厚流光：道德高尚，影响深远。语出《谷梁传·僖公十五年》："故德厚者流光，德薄者流卑。"

〔16〕赫赫扬扬：显著盛大的样子。语出明代汤显祖《牡丹亭》："赫赫扬扬，日出东方。"

〔17〕吾侪：我辈，我们这类人。唐代杜甫《宴胡侍御书堂》："今夜文星动，我侪醉不归。"孺子：儿童，后生。西汉司马迁《史记·留侯世家》："孺子可教矣。"

后　记

我接触古典诗词,始于屈原、曹操、李白、苏轼等多位先哲;而以研究者的目光,关注旧体诗词的旨趣、意韵、用典等,则是始于李铎先生的诗作。

说来与李铎先生相识已有十多年了。

2004年初夏,父亲带我来到李铎先生位于军事博物馆内的"仕龙书屋"拜访他,请他指点我的书法练习。此后不久,李铎先生和其夫人长华奶奶因公务做客我的家乡,在数日相处中,又了解到不少李铎先生对书法艺术的见解和人生的感悟。之后几年见面少了,但他和长华奶奶仍以不同的方式关心着我的学习和成长。再后来,我相继踏入中学和大学校门,一方面是学业紧张,无暇他顾,一方面也是辗转奔波于不同的城市之间,携带笔墨纸砚多有不便,对于书法也就渐趋荒疏。但李铎先生给我的教诲,以及与他相处的很多小细节,都给我留下了深刻的印象。比如他给我讲解的书法用笔与结构的关系,比如他从纸质和字体的不同告诉我墨汁瓶里不要兑水,比如他喜欢吃豫东地区一种小吃"麻片"而长华奶奶不停地叮嘱他"麻片"含糖太多不要多吃,比如长华奶奶认真提醒我对偶遇的知识点要用脑强记而不要简单地动笔记下了之,比如李铎先生送我《笔伴戎马行》一书的赠言里称我为"王婉今小友"而非"小朋友"。那时我还不到十岁,不能理解"小友"和"小朋友"的区别,如今想来,这一字之差,却体现了李铎先生做人原则的一点:平等、真诚。即使是面对一个前来求教的小孩子,他也绝不仅仅扮演一个蔼善长者,简单地以"小朋友"视之待之,而是当作一个平等的对象,甚至一个小友人,来帮助我学习书法,全无高高在上的姿态。这份平等与真诚,不仅是一种做人的原则,也体现着做人的境界与格调。

有几次国家重大庆典活动期间,在报刊上偶然读到李铎先生倾情祝贺的诗词作品,一派雄健澄澈。这让我看到书法大家李铎先生另一面:将军本色是诗人。

2013年,李铎先生出版了自己线装版的诗词选集《青槐吟草》,收录了他不同时期的诗词作品260余首。我利用假期时间,认真读了一遍,有种与读唐诗宋词既相近又相远的感受。同样是诗意盎然,同样是时代文化传承者的胸次浮云、弦间遗韵,但那般疏朗光明的气象,多是前人所没有的。

很多负面情绪都会在人的一生中留下深深的烙印,因而大多数人更容易在文艺作品的消极情感中形成共鸣。比如某个作品里描述路灯映照着主人公寒夜里孤独的身影，就很容易使有冬日里加班后独自夜归经历的都市白领感同身受。这类对"孤独"、"寒寂"等情绪感受的共鸣，往往能使读者或废书而叹，或怆然涕下。所以我一直觉得，比起表达凄婉幽怨的情感，表达蓬勃向上情感的诗词更不容易写，一是不易使读者感受到作者的真情实感，二是一不小心就会落入喊口号给人灌"鸡汤"的俗套，三是很难形成沉雄凝重的诗风。

但李铎先生的诗词却有机地融合着乐观明快和苍劲雄健的复合气质。无论是赞颂祖国大好河山，讴歌社会发展成就，还是回忆过往，品鉴书画，寄语他人，等等，这种正面情感在他数十年的创作中始终如一。即便是近几年，李铎先生已是年迈，但其诗词中的情绪如鼓风之帆、出峡之水、搏云之鹰，激越而充沛，丝毫不见垂暮之意。他心中一直住着一位充满正能量的少年，即使历经岁月坎坷，他的内心依然生机勃勃。我想这种正能量的来源，正是他对国家民族、对战友亲朋、对历史人文、对山川草木那种真挚而浓烈的感情。《孟子》中说：爱人者，人恒爱之；敬人者，人恒敬之。李铎先生所关爱着的一切，也一定在以同样的真挚浓烈回应着他，成为他创作的源泉，也成为他这种大气、乐观、洒脱、豪迈的行文风格的根基。

于是，我从李铎先生公开发表的诗词作品中，按照思想性、艺术性、（内容、体裁、风格）多样性这三个大致标准，重格调、意境、韵律，而于平仄有所放宽，选取了55首加以注释。我在反复诵读、认真思考之后，为注释确定了四个原则：一是最大限度地理解和尊重诗作原意；二是力求做到信、达、雅；三是释典以出处与引申并重；四是注评结合，以注启引评，以评深化注。

这次注释工作于我而言，是一次难得的学习机会，像是中学语文课上的"阅读理解"，只是没有标准答案的限制。我希望能通过我的注释，来方便读者更好地理解李铎先生的诗词，进而更好地走近这位灵魂高蹈的老人。同时，所谓一千个读者眼中有一千个哈姆雷特，作为一个读者，我也在注释中加入了一些自己的理解。因为没有"标准答案"，且我在旧体诗词方面的学识有限，其中谬误，还请读者不吝指正。

王婉今

二〇一六年三月二十日于香港大学